斉藤六郎詩集

母なる故郷　双葉

――震災から10年の伝言

コールサック社

斉藤六郎詩集

母なる故郷　双葉

――震災から10年の伝言

目次

ことみちゃんへ

ことみちゃんは今年で10歳になりましたね。

あなたの生まれた年に、大きな事故がありました。

「東北地方太平洋沖地震」と「津波」と「東京電力福島第一原子力発電所の爆発事故」です。

カナダで生まれたことみちゃんにはこの「東日本大震災」による事故の様子はわかるはずはありませんね。

故郷に帰れないおじいさん・おばあさんのこの10年。

たくさん　たくさんのことがあったのでした。

おじいさん　おばあさんより
２０２１年　１月

I

おじいさん・おばあさんの故郷は　双葉町両竹《ふたばまちもろたけ》　東京電力福島第一原子力発電所があった町《まち》　ことみちゃんが生まれた年　この町には大変なことが起こったんだ　地震と津波と原子力発電所の爆発事故　そのとき　おじいさんは畑仕事に出ててね　間もなく大津波が　襲《おそ》ってきたんだ！

大地震《おおじしん》

ズシンドドド　地面を突き破り
突然　やってきた地響《じひび》き
グラリ　グラリ　大きな揺《ゆ》れが来た
とてつもない大きい地震だ

大地がうなり
海が走り
川が波打ち　躍った
樹々《きぎ》が震え
崖《がけ》が崩れ　砂塵《さじん》が舞い上がる
ゴオウゴオウと地は鳴りひびき
ごう音が虚空《こくう》に舞い上がり
天に突きぬけて
いつ止《や》むことなく続く
道路に亀裂《きれつ》が走り
民家の屋根が崩れ落ち
人々は　ああ　おお　とわめき
その場に立ちすくむだけだった
マグニチュード９・０

東北地方太平洋沖地震だ

２０１１年３月11日　午後２時46分　東北地方太平洋沖地震が発生　地震と津波によって青森県　岩手県　宮城県　福島県　茨城県　千葉県などが大きな被害を受けたその上に福島県では原子力発電所の爆発事故で多くの人が故郷を根こそぎ奪われてしまった

そして、この地震による災害は東日本大震災と名付けられたんだよ

おじいさんは　津波を見た　怖《こわ》かった　けれど　それよりも不思議なことに　津波が
美しかった

大津波《おおつなみ》　――両竹《もろたけ》・前田川樋場橋《まえだがわといばばし》付近にて

松の林の向こうに
海が大きく膨《ふく》れ上がり
ぬうと現れた巨大な水の壁
おもわず「おお」と声をあげた
鎌首《かまくび》をもたげた波頭《なみがしら》は空に向け

白い歯を剝《む》き出《だ》しにした
波《なみ》しぶきを上げ
左右に茜色《あかねいろ》の霧の波を抱え
とてつもない大きなうねりとなって現れた
かと思うやいなや静かな勢いで
西へ西へと海上を走ってくる

大きく切り立った緑灰色《りょくかいしょく》の壁
天空まで届けよとばかり高くのびた透明な水の束《たば》
澄んだ青空よりも純粋だ
美しい　なんとすばらしい自然の繰《く》り為《な》す業《わざ》だ
ナイヤガラの滝にも負けない雄大さだ
海の魔女《まじょ》だ！　……

次々と　うなる大きな津波
十数メートルもあろう大波が
海岸に激しくぶちあたりしぶきを上げて
陸地にはいのぼり　草木をなぎ倒し
民家を呑《の》み込《こ》み
人をも呑み込み
漁船をのし上げ
自動車を引きずり
橋をぶち壊《こわ》し
人も馬も牛をも呑み込んでいった
田畑をズタズタにし
大事な梅園《ばいえん》まで根こそぎにした

だが大津波が

原子力発電所をも呑み込んでいたとは
知るすべもなかった

おじいさん、津波に襲《おそ》われた　地震の被害状況を見て回っているときに　観音堂《かんのんどう》の樋場橋で　巨大な津波がやって来るのを見た　すぐに　おばあさんに知らせなければと思って　家に戻《もど》る途中《とちゅう》で　呑み込まれてしまった

大津波との遭遇《そうぐう》

地震被害の見回り中　かなた先に津波を見た
いまにも覆《おお》い被《かぶ》さってきそうな　とてつもなくでかい津波だ
おばあさんに……津波だ！　と知らせようと
車に乗って戻る途中　パトカーに出会った
「津波が来たぞ　戻れ」との指示

そうはいかなかった
我が家まであと少しのところで
真っ黒い水の塊《かたまり》がドドドッと来た
しまった…… 津波だ！ ……むむ 冷静に……冷静に……
あとは運まかせ！
と?! 目の前に！ 隣のおばあちゃん 栄子さんだ！
まっ黒な水の中を泳いで横切っている
真黒い水の塊《かたまり》は次から次へと押し寄せてくる 必死だ

車はあとずさりするだけ……
そのとき車の後輪《こうりん》が側溝《そっこう》に押しやられた
ガリガリと 音をたてそのまま押し流され
泉田家の門口《かどぐち》に来た時 車体が突然浮き上がり
そのまま屋敷《やしき》の中へ

こういうこともあるんだ
あちこちに庭石を置いてる屋敷
小舟の如《ごと》くすいすいと吸い込まれ
車は塀《へい》に突き当たって止まった
助かった　奇跡だ
津波の引けるのを　じっと待つ
とは思ったものの津波はどんどん押し寄せてくる
車が浮きあがる　瓦礫《がれき》が流れてくる
とうとう津波は塀をのり越《こ》えて流れだした
40分ほどして津波は引きはじめた

おじいさんが　津波に流されて　車の中に閉《と》じ込められている間に　家で待っていた
おばあさんとおじさんが　津波におののいていた　後で聞いてそれが分かった

道路を家が走る　――氏神様《うじがみさま》の高台から

津波は次から次へ　と押し寄せてきた
真っ黒な水だ
音もなく流れゆく
発泡スチロールがプカリプカリと
赤いポリタンクもユラリユラリ
ナイロンの空き袋

来る来る　雑多なゴミ
突然　水嵩《みずかさ》が増してきた
第二波の津波がやってきたのだ
たちまち大きな津波に姿を変えて
隣家の塀《へい》を壊しドドドッと我が家に流れ込んだ
もう一方からは　前田川を逆流してきた津波が
倉庫を直撃《ちょくげき》　バシャガリガリ　と妙な音をたてて
倉の中へなだれ込んだ　預かっていたお母さんの荷物がやられた
たちまちに辺り一帯津波の中
我が家も津波の中　見たことも　考えたこともない光景だ
エエッ　道路をがたがたと家が丸ごと走っていく
なんだこれは　初めて見る光景に驚く
絶え間なく　材木の切れ端やテーブルらしきもの

畳もやってきた　お菓子の袋も浮いてゆく
来る来る色々なものが……
ありゃ！　信じられない光景……
なんと自動販売機が２台も流れ着いた
ただ　ただ　ながめるしかなかった

津波のあと　外はどうなっているのか気がかりなので　家を出て　中浜《なかはま》地区や下の両《もろ》
竹《たけ》地区の様子を見ようと　出かけた

家がない　――津波のあと

夕暮れになって　津波が退《ひ》けた
辺り一面津波の残骸《ざんがい》が生々《なまなま》しく残っている
道路には松の生木《なまき》が無残《むざん》に皮をむかれ横たわっている
津波の残りがあちこちに溜《た》まっている
かまわず　がぶがぶと歩き進んだ
うわっと目の前が大きくひらけた

三、四十メートルして
アレッ家がない　きのうまであったのに驚きの情景だ
浪江町両竹地区　軒並み津波にさらわれてしまった
藤本建設の鉄骨だけが無残な姿で残っている
あれほど繁盛《はんじょう》していた管野商店は跡形《あとかた》もなく土台を残すだけ
新築間もない松本家　藤本家も新しいまま流された
ただ　ただ津波の威力《いりょく》に驚き恐怖感をおぼえた
この様子では中浜地区も駄目《だめ》かもしれない
昔から交流のあった地区だ　知り合いも多い
夕暮れ近く薄あかりの中を見渡した
小さな森に点在していた家並みがない……小さな森までも
流されてしまった　浜の集落から家がなくなった……
人々……はどうなった？
あまりに無残な姿と化した中浜地区に無念さと悔しさを覚え

夕霞《ゆうがすみ》の中あちこち見まわった　どこにも家らしきものはない
ただ夕暮れの遠方に　請戸《うけど》小学校の校舎が見えるだけ
驚きのあまり悄然《しょうぜん》と眺めていると　中浜の安斎区長が姿をあらわした
勤め先から辛《かろ》うじて辿《たど》り着いた　という
区長さんの家は？
……　ねえなあ　気の抜けた返事
なんたることか　自然の威力に驚嘆《きょうたん》し恐怖を感じ愕然《がくぜん》としていると
今度は向かいの双葉町中野部落で火災が起こった
橋は壊《こわ》れ道路には津波にうち上げられた瓦礫《がれき》が散乱
この未曾有《みぞう》の大災害で消防も消火活動は不可能だ
自然鎮火《ちんか》を待つしかあるまい
自然の威力に驚愕《きょうがく》し
人間の力の限界
悄然《しょうぜん》として引き帰した

※両竹地区　両竹はもともと一つの村であったが町村合併により一八八九年請戸村両竹に。さらに町村合併がすすみ、戦後の一時期浪江町両竹へ。そして一九五八年、両竹は浪江町と双葉町の二つに分かれ、浪江町分は下《しも》、双葉町分は上《かみ》と呼ばれるようになった。

地震と津波のあった11日深夜　西隣の君子先生親子と　東隣の良平さん夫妻　それに
おじいさん　おばあさん　おじさんの7人で　広域《こういき》消防署の職員に案内されヘルスケア
ふたばに避難《ひなん》した　そして　12日の早朝　さらに遠くの別の老人ホームに　逃げなけれ
ばならなくなった

全町避難《ひなん》指示　――3・12早朝

「原発が危ない　私を信じてください
一刻も早く双葉町から避難してください」

ヘルスケアふたばの施設長《しせっちょう》が懇願《こんがん》するようにそう言った

寝耳《ねみみ》に水……　そんな……信じがたい
40年間も町と共存してきた原子力発電所
安全だ　安全だと　宣伝《せんでん》してきた東京電力
すっかり信じきってた自分
信じられない……まさか
危機意識《ききいしき》が麻痺《まひ》していた自分
安全　安全を信じきってた
愚《おろ》かな己《おのれ》！がここにいた

原子力の危険性をあまりにも軽く見ていた
もう遅い……
されど　声を大にして

『原子力発電は一歩誤《あやま》ればこうなるんだ』と
叫びたい

自宅には戻れなくなり　大半《たいはん》の人たちは　何も持たずに　その場から遠くへ遠くへ
避難《ひなん》を余儀《よぎ》なくさせられてしまった

避難行列

町民はわれ先にと町を出た
羽鳥《はとり》街道から福浪《ふくなみ》線へと車は続いた
長い長い車の列だ
ノロリ　ノロリ　ノロリ
並んで進むしかない
お手上げだ

着替えの一そろえもない人たちの車の列だ

人　人　人　人　人　人
顔　顔　顔　顔　顔　顔
目　目　目　目　目　目
みんな笑うしかない？
安心しきってる？
内心は不安でいっぱいなのに

赤　白　黒の車の列
西へ　西へ　西へ　西へ
信じがたい恐怖に追いたてられるように遠くへ
時速三〇〇メートル
いつ走りだすのか

ノロリノロリノロリ
山あいの道を車が続く
避難《ひなん》行列の車　車　車

避難所《ひなんじょ》

山あいの曲がりくねった道
やっと辿《たど》り着いたところは
川俣町《かわまた》の高校の体育館
重たい鉄の扉《とびら》
ヒンヤリとした床
キーンとした空間
這々《ほうほう》の体《てい》で逃げのびた
避難者が果たして安息《あんそく》できる所なのか
人々はドカドカ入り込みドサリと座る
次から次と来る　ただただ人の群れ
何一つ手に持たぬ者

キョロキョロ見回す人
茫然《ぼうぜん》と立ち尽くす老人
無口に座り込む人
無事を喜び合う人
場所取りをする女性
みんな浮き足立ってしゃべってる
ガヤガヤ　ゴウゴウ　まるで蜜蜂小屋《みちばちごや》
床に段ボールを敷き
着のみ着のまま夜を過ごす
どんなに身を寄せ合っても床の冷たさには勝てない
心も凍り付く避難所だ

とうとう　起こってはいけないことが　起こってしまった　爆発《ばくはつ》を報ずる東京電力福島第一原子力発電所の様子を目にしたのは　避難先のテレビでだった　民間のテレビ局が中継で今まさに白煙《はくえん》を上げている最中《さなか》の原発を映し出していた

原子力発電所の爆発《ばくはつ》

3月12日午後3時36分
東京電力福島第一原子力発電所1号機　爆発
3月14日午前11時01分

東京電力福島第一原子力発電所3号機　水素爆発

3月14日午後

東京電力福島第一原子力発電所2号機　炉心損傷、圧力容器、格納容器損傷

3月15日午前6時14分

東京電力福島第一原子力発電所4号機　水素爆発　使用済み核燃料プール火災

1号機が爆発した時のこと　ＪＲ双葉駅にほど近い「特別養護老人ホーム

せんだん」の入所者を避難させる際
空からパラパラと爆発の残骸《ざんがい》が降ってきたという話を耳にした

みんなが　恐れていた　事態発生
身も心も凍り付く
全ての喪失《そうしつ》を意味する

故郷　生きる　生活……わが地域をズタズタにし
人　家　命　絆《きずな》を危険にさらし
山　川　森　海と田畑を汚染した

安全神話　　共存共栄　　信頼関係
一瞬にして崩壊
残った負の世界

放射能　住民の恐怖　不安　怒り　憎しみ
世界の歴史に刻んだ汚名を

目に見えない物質だけに　防ぎようがない得体《えたい》のしれない魔物《まもの》の放射能　人に恐怖心を植え付けてゆく魔物だというほかない　不気味《ぶきみ》で怖い

放射能

大地を汚《けが》し
海を汚し
森や林　路地や庭に忍び込み
姿を見せることなく
じっと潜《ひそ》んでいる

お前は何者なんだ
人々に不安と恐怖をもたらし
故郷を奪い　生活を奪い
家族の幸せを奪って
人々の絆《きずな》を切り裂《さ》き
子どもの遊び場まで奪い去り
いまだに消えることなく　威張《いば》りくさっている
お前のせいで何万という人が故郷へ帰れない
さっさと消え去れ

ヨウ素　セシウム　トリチウム　ストロンチウムなど
これらが得体《えたい》の知れない放射性物質と呼ばれるものなのか

平和利用という名の　原子力も

一歩誤《あやま》ればこのざまだ

ありがたくもない　福島への　いや日本への　置《お》き土産《みやげ》だ

Ⅱ

２０１１年５月、妹の家に一時身を寄せたあと　近くの借り上げ住宅に移った　早く
家に帰りたい気持ちで　いっぱいだった　故郷の様子が気になって　仕方《しかた》がなかった
泥棒《どろぼう》には入られるし　家は片づけなければならないし　気が気でなかった

借り上げ住宅での思い　――福島市渡利《ふくしましわたり》の借り上げ住宅で

福島の冬は寒い
外は雪
屋根につららがさがってる
窓の外は音もなく舞い落ちる雪
今夜はかなり積もりそう

放射線量1・2マイクロシーベルト※
室内0・6マイクロシーベルト
数値が気になる避難先
体の中を風が吹き抜ける
大きな嵐《あらし》の塊《かたまり》がきそうだ
不安が募るばかりの毎日だ
飛び越えよう飛び越えようと思いながら
とうとう冬が来た
耐えるのだ　我慢《がまん》だ我慢
間もなく帰れる日がくる
この寒さ　妻の持病《じびょう》……が気掛かりだ
故郷へ早く帰りたい
双葉は　両竹は　わが家は……
どうなっているんだろう

早くわが家に戻りたい
いつになったら……
我が身に重くのしかかる多重苦《たじゅうく》
切ない毎日だ

※1ミリシーベルトは1000マイクロシーベルト
0・23マイクロシーベルト以上の放射線を長年浴びると
人体に悪影響を及ぼすと言われている

避難して一年余り　故郷に帰りたい　家に帰りたい　でも帰れない　この悔《くや》しさ　心の葛藤《かっとう》は言葉では言い尽《つ》くせないまま　２０１２年5月より気候が温暖なつくば市の借り上げ住宅に移った

望郷《ぼうきょう》の念　――つくば市の避難先で

夕暮れになると　街道から聞こえてくる
豆腐売りのラッパの音
遠くから聞こえてくる子どもたちの声
涼しく通り過ぎる浜風
静かに目を閉じれば懐《なつ》かしく蘇《よみがえ》ってくる

幼いころのわが子らの遊ぶ姿が蘇る
ニコニコ顔の父母の姿
緑の列をなす野菜畑
たわわに実をつけた梅林
夏の蛙《かえる》の大合唱
秋の空にスイスイと飛びかう赤トンボ
黄金色に実をつけた一面の田んぼ
田んぼを見守る墨染《すみぞ》めの桜
子どもたちと歌を口ずさみながら歩いた道
遠くにたたずむ山並み
これがわが故郷

今は帰れない故郷

規制されてしまった故郷
封鎖《ふうさ》されてしまった故郷
ああ　このせつない思い　やりきれない気持ちをだれが分かってくれよう
今日も　熱《あつ》い風が体を駆《か》け巡《めぐ》る

帰りたい　けれど　帰れない　この　心の葛藤《かっとう》が　怒《いか》りとなっていきそうだ――どう
にもならない心の苛立《いらだ》ち　切《せつ》なく苦しい日々だった

憤怒《ふんど》の念　――つくば市の避難先で

ふつふつと湧《わ》き上がる　この思いは何《なん》なんだ
遠く離れた故郷への思いなのか
住み慣れない土地への不満なのか
遅々《ちち》として進まぬ復興への不満なのか
心の奥底から湧《わ》き出て止《や》まないこの思い

あれから1年5ヵ月
故郷はどうなるんだろう
われらはどうなるんだろう
遠くへいった息子は　どうしているだろう
あの事故以来　息子は口数がめっきり少なくなった
原発を許せないのだろう
私だって許せない

これから何年続くのだろう？
今日も荒れ果てた双葉の故郷を想《おも》い
ふつふつと怒《いか》りがこみあげてくる
何だろうこの思いは
われらの人生は大きく変わった
家族がいっしょに暮らせないなんて……
心に重くのしかかる原発事故

テレビを観《み》ていたら浪江町《なみえ》請戸《うけど》の鈴木酒造店の娘さんが話してた
「原発の事故さえなかったら……」
避難民《ひなんみん》の気持ちを代弁《だいべん》して語っていた　みんなも同じ気持ちなんだ

原発の事故さえなかったら……　――つくば市の避難先で

原発の事故さえなかったら……
多くの　避難民の声だ
失われた命

家族との別れ
地域の崩壊《ほうかい》
失われた生業《なりわい》
大切な人との別離《べつり》
一人ひとりが持っている大切な宝と原発への不安

一同が口にする
原発の事故さえなかったら……
帰れたのに

望郷《ぼうきょう》の思いも……
無念……

原発の事故さえなかったら
原発の事故さえなかったら
大切なものを失わずに済《す》んだものを……

夜がつらい　いろいろなことを考えたりすると眠れない　故郷のことが特に気になる
故郷っていいいんだよな　人生の宝物がいっぱい詰《つ》まっているからね

今朝《けさ》もまた　――つくば市の避難先で

今朝もまた　静かな夜明けを迎える
重い心だ
眠い……　眠れないのだ
故郷の思いが広がっていく
石田次雄さん夫妻の姿が現れた

二人　こっちを向いて笑ってる
「いや……近ごろは腰が痛くてあやまった」
「うちの親爺《おやじ》はナマケ者で困ったもんだ
湯沸《ゆわ》かしポットが空になっても水を入れることすらできねえんだから
……」

生前の会話を思い起す

アイ子さんは津波で亡くなった
家の中の上がり口に正座の姿で亡くなっていたという
次雄さんはアイ子さんの遺体を見守って数日後亡くなった
住民が避難してしまい誰にも看取られないまま淋《さび》しく死んでいった
枕元《まくらもと》にはアイ子さん手作りの梅酒の空瓶《あきびん》が転《ころ》がっていたという
どうして？
なぜ……

われわれ住民が気づいていたら……
残念だ　悔しい！

原発の事故の後《あと》「原発20キロ圏内立ち入り禁止」の規制がしかれた
家族さえ立ち入りが許されなかった
両親を連れて帰ろうと長男の賢次さんが交渉したが駄目《だめ》であった
こんな無慈悲《むじひ》なことがあっていいのか

原発が無かったら
原発の事故さえ無かったなら
つくづく残念だ……

重たい心を引きずったまま寝床《ねどこ》を離れた

どうにも動きが取れなくなった自分自身に無力《むりょく》さを感じた時期があってね　どうしたらいいのか自問自答《じもんじとう》して苦しかった

無力《むりょく》　――つくば市の避難先で

お前はいったい　何を考えているのだ
何をしようとしている
苦しい心情を訴《うった》えたいのか
悔しさを晴らしたいのか
故郷に帰りたいのか
同郷の人たちを案《あん》じているのか

何をウジウジしているのだ

お前を苦しめ悲しませているのは
いったい何なんだ
分かっているだろう
お前一人だけの問題じゃないんだ
そうだよ　それは分かっているんだ
みんなも苦しい思い悔しい思いをしてるんだ
本当に悔しいよ　殴《なぐ》り倒《たお》してやりたいよ
でも一人じゃ何にもできやしないんだ

目に見えないもののせいで多くの人が泣いているんだ
なんとかならないのか
そうだよな　あまりにも相手が大きすぎるよ

俺《おれ》一人じゃどうにもならないんだ

それじゃこのままでいいっていうのかい　……
よく考えろよ　俺たちだけの問題じゃないんだ
子孫や未来の人類の幸福のために
声を張り上げて訴えろよ
原子力発電は危険だ
事故のため多くの人々が苦しんでいるんだ
多くの人の人生がめちゃくちゃになったんだ
もう懲《こ》り懲《ご》りだ
原発はダメ！
原子力発電は危険すぎる
多くの人々を苦しめるだけだ

故郷は懐《なつ》かしいところ　心のよりどころ　温《あたた》かい懐《ふところ》のようなものだよ　おふくろの
味がするところ……　いつ帰れるのやら　つらかった

懐《なつ》かしい故郷　――つくば市の避難先で

『ふるさとは遠きにありて思うもの……』
と　室生犀星《むろうさいせい》という詩人は詠《よ》んだ

遠かろうが近かろうが　故郷への思いは同じだよ
故郷は懐かしいところ　心のよりどころ

落ち着くところ
思い出がいっぱい詰《つ》まったところ
温かい懐《ふところ》のようなものだよ
みんなで　夕食を囲むところだ
おふくろの味がするところ
それだけじゃないよ　ほかにもあるよ
竹馬《ちくば》の友との悪ふざけをして遊んだところ
幼なじみと喧嘩《けんか》もしたところ
それに　自然の風情《ふぜい》が快いところ

春の日のすくすく伸びゆく草木《くさき》
夏の日のきらきらと光る川面《かわも》
秋の日の黄金色に実った田圃《たんぼ》
冬の日の暖かい陽《ひ》だまりの縁側《えんがわ》

正月の餅《もち》つき

みんなみんな懐かしいものばかり
そんな故郷へいつになったら帰れるやら
ああ　懐かしい故郷

……原発の事故さえ無かったら

つくばでのことだけどね　清楚《せいそ》な感じのする近所の奥さんが　突然やって来て　す
うっと帰っていった　涼《すず》しい風が通り抜けていったよ

つくばの風

「つくばは茶色の風が吹くのよ」
蝶《ちょう》の如《ごと》くやって来て　ひらりと去っていった

？　……　？　……

なるほど　！

「洗濯物《せんたくもの》はだめよ」か

ふうっと　暖ったかい風が通り過ぎる

つくばって　いいところだ

日中は　気分爽快《そうかい》だけど　夜になると　気が重く憂鬱《ゆううつ》になってくる　いやになってくる　夢を見る回数が多くなってね　その中の一つが教え子の夢だった

教え子の夢　——つくば市の避難先で

今朝《けさ》もまた重たい心を枕に押しつけ
目を覚《さ》ます
蛇《へび》の夢を見た……
亡《な》くなった人たちも次々と現れた

石田の次雄さん　いつもの笑顔だ　アイ子さん　口を尖《とが》らして

なにか言いたそう

米倉の良春さんだ　一升瓶《びん》を立てて黙々と飲んでる

「一所懸命だこと」とにこやかな表情で泉田の久ちゃんも現れた

町民体育祭のことだよ
白い帽子《ぼうし》を被《かぶ》った小西浩さんがニコニコ顔で
「みんながんばっぺ　もう少しで1位になれっぞ」と激励にきた

おや！　高校の教え子も現れた　こっちを向いて笑ってる
いつもの笑顔だ
毎年　町民体育祭で顔を合わせるとにこやかに挨拶《あいさつ》したっけ
隣の中浜地区に嫁《とつ》いできていた　ＰＴＡ会長の娘さんだ

この娘さん　浪江町刈野《なみえまちかりの》の実家にいる時　地震に遭《あ》い　急いで嫁《とつ》ぎ先に戻る途中
津波に呑《の》み込《こ》まれてしまった
数日経《た》って車の中から遺体《いたい》となって発見された

＊＊＊＊＊

正体不明意味曖昧《あいまい》なことがある夢　時間がずれたり場所が
変わったりの夢もある
夢の出会いは　懐かしくもあり　切なくもあり　言いようがない
重たい気持ちで朝を迎える
暗い残像を抱えたままその日を過ごす
なんとも言いようのない気分だ
こんな日がいつまで続くだろうか

つくば市の思い出

守家さんの勧《すす》めで福島市からつくば市に避難することになった
つくば市松代《まつしろ》四丁目のみなさんには原発避難民として受け入れてもらった
みなさんにありがたくない来訪者だったに違いない
厄介物《やっかいもの》をもってこられたのでは困るという思いもあっただろう
「ばい菌」あつかいを受けて悲しい思いをした人の話も聞いた
そんな心配など取りこし苦労で　優しく受け入れてもらった
当時の班長座間さん宅に招《まね》かれて話を伺《うかが》った
お嬢さんも挨拶《あいさつ》にきてくれた
こうして松代四丁目に仲間入りをした
松代というところは　自然と街が一体となっていて閑静《かんせい》な場所だ
林の中に公園があり　子どもの遊び場やテニスコートや卓球場

郵便局やスーパーもある　池があってガチョウもいた　球場もある
住環境が素晴《すば》らしく良いところだ
暇《ひま》にまかせて妻と一緒によく散歩に出掛《か》けた
林の中を歩くのは気持ちいい
この散歩の時ほど生きているんだなあと実感したことはない
木漏《こも》れ日の中　深呼吸して幸福感を味わった
静かな時のながれの中に身を置いて生きている証《あかし》を知った
今でもその感触《かんしょく》がある
日中は最高に楽しかった
夜は最低　つらい　思い起こすことが多すぎた
地域のこと　家族　家のこと　故郷　原発事故など
さまざまな感情が入り混じり頭が混乱した
その上　区長の仕事で遠出の出張《しゅっちょう》が多かった
そんな時に　隣の手打さん　東隣《ひがしどなり》の座間さん　安原さん　木下さん

中川さん　関根さん　守家さん　館林さん　大沢さんたちと
交流させていただいたことが心の支えになった
つくば市松代は環境といい住んでいる方といい
幸せを実感させてくれた街
懐かしい皆さんのお顔が浮かんでくる
皆さん　ありがとうございました

つらい日々の中で　さらにつらいニュースを見て　また　心が痛んだんだよ

小さな命　――千葉の小四　栗原心愛《みあ》さんの死の報道を見て

また……　小さな命が消えていった……

せつない……

我が子に……

親が

愛のムチ？

酷《むご》い

悲しい

やりきれない

この世に生まれた小さな命

……

ウォー！　ムンクのさけび

Ⅲ

ことみちゃんお誕生おめでとう　パパの故郷では大喜びでしょう　わが斉藤家にとっては初孫　こんなにうれしいことはない　さまざまなことが　あったので　喜びもひとしおです

カナダへ　――孫の誕生《たんじょう》

２０１１年10月17日　成田からカナダに向かった
お母さんがことみちゃんを産んだので手伝いのためだ
13時間もかかってトロントの空港に到着した
空港にはお父さんが迎えに来てくれた
バスに揺られ1時間ほどでマンションに着いた

出迎えたお母さんにビックリ仰天《ぎょうてん》　普段着《ふだんぎ》の姿だ
カナダでは出産後一晩泊まりで退院させるんだという
日本では考えられない話だ
部屋に入ると初対面のことみちゃんがいた
スヤスヤと気持ちよさそうに眠っていた
とっても可愛《かわい》い赤ちゃんだ
おばあさん　涙を流して喜んでいた
初孫誕生だ　可愛いもんだ　嬉《うれ》しい
お母さんとおばあさんの話のやりとりだ
「女の子だね　きりりとした面長《おもなが》の可愛い子だね」
「どっちに似ているかな　どうやら姫路《ひめじ》のほうに
似ているようだ　目元　口元がよく似ている」と親子の会話
おじいさん　おばあさんは

数日後　カナダの日本領事館《りょうじかん》に出向いていった
ことみちゃんの出生届を出してきたんだ
日本領事館は親切に案内して説明もしてくれた
ことみちゃんは日本国籍《こくせき》とカナダ国籍を持っているんだ

一筋の灯《あか》りをともしてくれた希望の光だね

ことみちゃんの誕生はお父さんの実家　斉藤家にとっては素晴らしいプレゼントになりました　そのうえ　東日本大震災　東京電力福島第一原子力発電所の爆発事故があった年に生まれたということが　大きな喜びでしたよ

ナイヤガラ

トロントに行って４日目　ナイヤガラの滝を見に出かけた
娘（お母さん）がツアーを予約しておいてくれた
早朝　タクシーを飛ばしデルタチェルシーホテルにいった
ツアーと言うので貸切《かしきり》バスかと思っていたら
地元観光案内会社の大型乗用車だ
乗客は４人　東京からの女子大生２人と私たちがツアー客だ
いよいよ出発　運転手がガイド役である
まず最初に案内されたのはオンタリオ州議事堂
トロント大学　お父さんお母さんの母校だ
そして高速道路に入りナイヤガラに向かった
カナダでは高速道路は無料であるという

どこからでも出入りは自由なのだ
つぎ　ワイナリー工場へ行きましょうかと　ガイドさん
おお！　いいね　いいねで決まり
ここでの葡萄酒《ぶどうしゅ》は実を木にならせたまま凍《こお》らせて
葡萄酒を造る独特な製法なのだそうだ
実に濃厚《のうこう》な味わいの葡萄酒だ
二　三ヵ所見学してようやくナイヤガラに着いた

噂《うわさ》どおりの荘厳雄美《そうごんゆうび》な滝の情景である
遠慮《えんりょ》がちな２人の女子大生もこの時ばかりは
ウワッ！　すごいわね!!
驚嘆《きょうたん》し歓喜《かんき》の声を出して飛び上がって喜び
すばらしい絶景に見惚《みほ》れていた
水の流れ落ちる姿といい轟音《ごうおん》といい雄々《おお》しい情景には

ほおーと唸《うな》るほどの素晴《すば》らしいの一言に尽《つ》きる

これからいよいよ船に乗って滝の間近まで行くという
乗船前に雨合羽《あまがっぱ》を渡された　滝のしぶきで濡《ぬ》れないためだ
船はゆっくりと滝に近づいていった　近づくにつれて
飛沫《しぶき》と滝の流れ落ちる音の轟音は迫力満点であった
しばらく停船《ていせん》してナイヤガラの滝の迫力を満喫《まんきつ》させてくれた
下船《げせん》して昼食を摂《と》ることになった
滝を眺《なが》めながらゆっくりと昼食を味わった
お父さん、お母さんに感謝しながら帰路《きろ》についた

ゲストハウス

カナダ滞在中《たいざいちゅう》はゲストハウスを宿とした
お母さんが手配してくれたのだ
日本人の短期滞在を目当てにしているという
オーナーは日本人女性である
ここでの暮らしではさまざまなドラマがあった

オーナーは語った
「日本からたったいま帰ったばかりなの　日本では
津波や原発事故で大変な大騒《おおさわ》ぎをしているわね
東京に瓦礫《がれき》を運び込むらしいって大騒ぎよ」
「日本では原発事故で農業はできないでしょう

カナダで農業をやりたいという方を紹介してくれないか
生活面は保証します」　人探《ひとさが》しの依頼《いらい》である
「わたし離婚2回もしてるの　今ので3人目……　カナダ人よ
今度は離婚はできないわ　彼クリスチャンだから
もう離婚はしないと腹を決めた」

話の途中《とちゅう》メールが来た　妻の妹からだ
両竹の知り合いのおばあちゃんが亡くなったという訃報《ふほう》である

3日後　同宿の石川學さんからカナダの歴史を学んだ
さすが　一流会社の役員だ　紳士然《しんしぜん》として学者の風貌《ふうぼう》が備わってる
カナダの歴史を学ぼうとトロント大学の聴講生《ちょうこうせい》として来ていた
カナダの歴史の話もわかりやすく簡潔《かんけつ》に教えてくれた
歴史の話もさることながら

彼からはワインの飲み方のマナーも教えてもらった
ワインを飲みながら楽しい時間を過ごした

毎日代わる代わるやってくる投宿者の中に
アメリカを回って来た日本の医学生たちがいた
トロント大学で研修するためだという
いまのアメリカの様子を聞いてみた
震災《しんさい》と原発事故の話はアメリカでも大きく取り上げられている
募金活動も始まったし　ご自身たちも募金活動をやってきたと言う
大変貴重な体験談を聞かせてもらった
若者たちが海外に行っても
ボランティア活動をしている姿に感銘《かんめい》を受けた

マンションでの出来事《できごと》

トロントに来て17日目　夕食の食材を求めに食品センターに出かけた
鳥肉を頼《たの》まれたのに「夕べも鳥肉だったので今日はポークにしよう」と妻が
そのポークを買って来ると
娘は「私たちは　既製品《きせいひん》の料理は食べないから持って帰って」
すると「せっかく食べさせたくて買ってきたのだから食べてください」と妻
突然部屋がぶち抜けるんじゃないかと思うほど火災報知機《かさいほうちき》が鳴りだした
「何事だ」と思った途端《とたん》
「お母さん早く火を止めて」と娘の叫び
妻の方を見ると　フライパンから煙がもうもうと立ち上っているではないか
妻はすぐさま1階の管理室に飛び込んだ
「窓を開けて空気を入れ換えなさい　それから消防車はこちらから連絡しな

いと来ませんから」となって一件落着《らくちゃく》
二人して管理者に謝罪《しゃざい》し早々にゲストハウスへ引き揚げた

地下鉄の車中で

1週間ほどで　トロントの街の様子も判《わか》りかけてきた
地下鉄も間違えることなく乗り換えもできた
カレッジ駅からブロウヤングで乗り換えてクリスティ駅まで約15分

カナダの地下鉄は遅れることが度々《たびたび》ある
子どもの泣き声　アラブ系の母親だ
二人の子どもの面倒《めんどう》を見ることもせず　泣かせっぱなしだ
これには疲れた　見るに耐えない　こんなことも
高校生らしき男女が飛び込んで乗るやいなや
体を寄せあい耳元で話しをしたり　頬《ほほ》にキスしたり

10歳ぐらいの坊やに妻が英語で話し掛けていた
話し中に坊やが泣きだした
どうしたのと聞くと
妻が津波と原発事故の話をしたところ　それに同情して
涙を流したらしいとのこと
10歳ぐらいの子どもにも辛《つら》さ悲しさを解《わか》って
もらえたのだと思うと胸がいっぱいになった

Ⅳ

故郷に帰れないおじいさん　おばあさんは　２０１４年９月　出身県の福島県に戻ることができたんだよ　そしていわき市に家を建てた

いわき市　錦町《にしきまち》

福島県浜通《はまどお》りの最南端に位置するのが旧勿来市《なこそし》
奥羽三関《おううさんせき》の一つ「勿来の関《なこそのせき》」がある
勿来市の中央に位置する錦町《にしきまち》　そこの「やました福寿苑《ふくじゅえん》　錦《にしき》」に
３年前から二人で暮らしている
屋上から見渡すと　西になだらかな阿武隈山系《あぶくまさんけい》がゆったりと構《かま》えている
一緒に側《そば》にいた鈴木善次さんが教えてくれた

「あそこの一寸《ちょっと》高い山が仏具山《ぶつぐさん》だ」
錦では知らない人はいないという
山を縫《ぬ》うように送電線の鉄塔が立っている
山と空との間を鳩《はと》の群れが輪になったり団子《だんご》になったり
飛翔《ひしょう》する情景《じょうけい》は美しいものだ
東には太平洋が洋々《ようよう》とした広がりをみせている
沖をゆったりとフェリーがゆく
忘れられたかのように漁船が点在《てんざい》している
のどかな風情《ふぜい》の真ん中に街がある

錦町一帯は工業の町
株式会社クレハを筆頭《ひっとう》に
クレハ環境　クレハ運輸
日本製紙　大王製紙と続く

あちこちの煙突からは日夜を問わず
煙を吐《は》き出《だ》している
夜になると工場群が不夜城《ふやじょう》の如《ごと》く灯《あか》りで煌《きら》めく
まばゆいほど　見事な眺《なが》めだ

目の前に消防署と市の支所と市民会館がある
隣町の佐糠町《さぬかまち》には火力発電所の排気塔が見える
夜になると季節ごとにお化粧した姿がきれいだ

鮫川《さめかわ》村を源流とする鮫川が
錦町を滔々《とうとう》と流れ太平洋に注《そそ》ぐ

安住《あんじゅう》の地

――「やました福寿苑《ふくじゅえん》　錦《にしき》」

「やました福寿苑　錦」は穏《おだ》やかだ
厳《おごそ》かに時が流れていく　静かだ
「こころ」を癒《いや》してくれる　やすらぎの郷《さと》だ
ふと振り返れば3年の歳月を超した
急に病《やまい》に倒れ床に臥《ふ》せていたころ
後々の旅の支度《したく》を思案に思案
義弟と息子が探してくれた安住の地だ
入所初日　苑長《えんちょう》さん　リハビリを兼ねた散歩につきそって
転倒防止のサポートをしてくれた
初めての施設暮らしに戸惑いを感じたよ
小便袋をぶら下げた恥ずかしさに

身も心も小さくなっていたっけ
そんな時出会ったのが善次さんだ
食事の時間には隣の席だ
無類《むるい》の話好き　ユーモアを交《まじ》えた巧《たく》みな話術には
思わず噴《ふ》き出してしまうこと度々《たびたび》だ　それだけじゃない
大の世話好き　いつも食事時にはエプロンを掛《か》けてくれる
食い垂《た》らしをしていると即座《そくざ》にティッシュペーパーが来る
こんなお人よしに出会ったのは初めてだ　人生の快挙《かいきょ》だ
これも福寿苑　錦のスタッフの配慮《はいりょ》
病上《やみあ》がりで気が落ち込んだ時期だっただけに助けられた
感謝　感激

＊＊＊＊＊

あるとき
ふあっと青い鳥がやって来て
おじいさんの肩に止まってこう言ったんだ
「これから幸せを運んで来るから待ってね」って
しばらくしてのことだった
東の方から夜明けと共に
「こころの綺麗《きれい》なやさしい天女《てんにょ》」が現れた
天女は羽衣《はごろも》を身にまとい空高く舞を舞っているから手が届かないんだ
美しい天女の姿を見ているだけで　心が洗われるんだね
「星の王子さま」は教えてくれたよ
「こころ」って大切なもの
「こころ」で「もの」を見なくちゃいけないよって
ことみちゃんに解《わか》るかな……
「こころ」でものを見るって

上辺《うわべ》だけで「もの」を見ては駄目《だめ》ってことかな
幸せって「こころ」の奥の奥にあるのかもしれないね

誇りと責任　――「やました福寿苑《ふくじゅえん》　錦《にしき》」

やました　福寿苑「錦」は快適だ
スタッフの皆さんが何よりもいい
みんな誇りをもって仕事をしている
若い子は元気があって気持ちがいい
朝の挨拶《あいさつ》「おはようございます」
心にびんびん響く　生きている実感
ハイタッチは人の温もりを感じる
老いの身に若さが戻る
「若さ」っていいねとつくづく実感する
20代が4人もいるんだ　元気がでるよ

年配者だって若者には負けてはいない
仕事は手早い先へ先へと勝手知ったる
入所者の癖　痒いところに手が届く
さっと目薬　素早く配膳《はいぜん》　すうっと引膳《ひきぜん》
じっくり食事の目配り　即《そく》補助サポートへ
次の仕事に取り掛かる　慣れた手つきで
さらりと片づけ次から次へと仕事は続く

自信と誇りと責任を持って仕事に当たって
いるのは中堅どころだ　自負心がある
これまで歩んできた経験と実績がものをいう
若者に経験したことを教え込む
それが貴重な財産となる
それの繰り返しが毎日の仕事だ

それがやがて伝統となる
中堅《ちゅうけん》どころは重責《じゅうせき》を背負ってる役どころだ

介護の仕事は大変だ　毎日がうんこまみれだ
入所者は食べること　小大の排尿《はいにょう》排便《はいべん》　寝ることが
仕事なのだ　介護者はそれを世話する
介護者は重荷を背負った仕事を担ってる
常に　誰かれの区別無く汚物を片手に行き来する
四六時中休みなく働いている　まるで時計だ
これが毎日続くのだ　介護者　曰く
「これが仕事なんだ」
介護者の職業意識だ　偉い　立派だと思う　頭が下がる

終《つい》の住《す》み家《か》

おじいさんとおばあさんは　年老いて病《やまい》で倒れたので　老人ホーム「やました福寿苑《ふくじゅえん》　錦《にしき》」というところにお世話になることとなっちゃった

でも　まだまだ元気だよ　天上の神様に尋《たず》ねたら「まだ来るのは早いもう少し待ってなさい」というご神託《しんたく》がございまして　昇天《しょうてん》はもう少し待ちましょう　もうしばらくの間「やました福寿苑」さんにお世話になりますのでご心配なく　ことみちゃんは勉強しっかりね。

「やました福寿苑」てどんなところですか？　ってとっても居心地《いごこち》のいいところだよ　苑長《えんちょう》さん以下　看護師さん　介護福祉士さん　調理師さんたち　みんないい人ばかりだよ

鉄筋コンクリート造りの４階建　３階４階が居住スペース

部屋数は各階11　屋上は広々として散歩に最適
おじいさんは毎日　中廊下を30回歩いているよ　25メートルはあるよ

「やました福寿苑　錦」スタッフの　苑長Y・Eさん。おじいさん　おばあさんのケアマネジャーでもあり　すごい「スーパーウーマン」なんだ　まず朝厨房《ちゅうぼう》に入り　入所者全員の食事を作り　配膳《はいぜん》から食事　薬の世話から食後の片づけ　それが終わると　日勤者《にっきんしゃ》打ち合わせ　その後デスクで事務を執《と》り　電話の応対と思ったらパソコンと睨《にら》めっこ　そして買い出しへ　一日中超多忙《ちょうたぼう》　客人への対応も大変　車椅子《くるまいす》の移動　おむつ交換もなんのその　その上　夜勤もこなす　元気の秘訣《ひけつ》を「年寄《としより》の方から元気を貰《もら》ってます」と語る介護福祉士
他の10人のスタッフにも見守られ毎日、心安らかに過ごしてる
次はT・Aさん　元病院の看護師　70歳を越していまなお元気で小柄《こがら》な体でよく働く　朝　血圧を計りに来たと思ったらお風呂《ふろ》の世話　次は洗濯《せんたく》係

同時にオムツ交換　1人や2人じゃない　調子の悪い人が出れば　すぐ駆《か》け付ける　みんな帰ったあとも居残《いのこ》りで仕事をしているよ「やました福寿苑　錦」の　扇《おうぎ》の要《かなめ》だ

おじいさんとおばあさんが　病院に行く時はいつも車の運転をしてくれる　感謝！　感謝だね　みんなの信望も厚い人　超ベテランだね

三番目はO・Sさん　この方も元病院の看護師　最近仲間入りした50代　仕事面では口数も少なく　いつも落ち着いた物腰《ものごし》で　もくもくと仕事をこなしている　車椅子の移動　おむつ交換　食事やお風呂の世話　ほかに部屋の掃除と諸々《もろもろ》ある　夜勤《やきん》もある　みんな自信を持っているよ

次の方は　S・Kさん　元病院の看護師　最近親子3人で仲間入りの母親「私は短気なんです」と淡々《たんたん》と話すが　それは昔の話　仕事中は短気な素《そ》振《ぶ》りなどまったくない　逆にだれかれとなく気軽に接してくれる「気さくでざっくばらん」な方　お風呂の世話から配膳《はいぜん》　食事の世話　車椅子の移動おむつ交換まですべてをこなす　貴重《きちょう》なエース

五番目は　S・Mさん　看護師で一番若い20代　病院勤務を経てこちらに世話になることにしたとのこと　若いだけに仕事は早い　前の勤務の病院では大分《だいぶ》苦労されたようだが　何事も経験　若いのに無駄口《むだぐち》を叩《たた》くこともなく仕事を淡々《たんたん》とこなしている　脇目《わきめ》も振らないくらい　真面目《まじめ》で素直な人いい人だよ

六番目はH・Mさん　夜勤《やきん》だけの方　朴訥《ぼくとつ》として質素《しっそ》な方　よく細かいところまで気がつくよ　感心するよ

七番目　H・Aさん　小柄で人懐《ひとなつ》こい方　最近仲間入りした　すぐ人の話を聞き入れて対応してくれる　10日に一度ぐらい来る

続いて　介護士のみなさん

F・Yさん　やさしい人　お母さんと同年代　お母さんに性格気質《きしつ》が良く似てる　遠慮深《えんりょぶか》いところも口数の少ないところも　思慮深《しりょぶか》いっていうのでしょうね　入所者の入浴の世話　部屋掃除と多忙《たぼう》　そのほか　おむつ交換を

したり準備したり　翌日の入浴者の衣服の準備　寝たきりの方の世話　車《くるま》椅子《いす》の移動など忙しい　また　新入りの若い人には指導役でもある　自ら手本を示ししっかり教え込んでる　行動力がある

次はO・Nさん　S・Kさんの娘さん　いつも明るい快活《かいかつ》な人だ　朝の挨拶《あいさつ》は元気がいいし笑顔を忘れない　どうしていつも？　曰《いわ》く「自分で身に付けたものです」　よく気がついてこまめに動いている　このホームに来て4キロ痩《や》せたとのこと　それだけ懸命《けんめい》に仕事をしたという証《あかし》でしょう

S・Aさん　ここで一番若い人　若いのに物怖《ものお》じせず懸命に頑張っているこれからの人ですので　いろいろと経験を積んで学んでいくんだろうね

「元気モリモリが取り柄《え》よ」と

N・Mさん　10月から入ったばかりの新人　S・Aさんの友人でもあるF・Yさんのご指導を受けて業務開始　まだ二人一緒の時が多い　落ち着いて　話の受け答えもしっかりしている

「私は強いて言えば頑張《がんば》り屋さんかな」と

変わりゆく故郷

浪江町請戸《なみえまちうけど》　浪江町中浜《なかはま》　浪江町両竹《もろたけ》　双葉町中浜《ふたばまちなかはま》は
津波で部落ごと流された
住めない地域に指定され地区の住民は方々に散っていくしかなかった
跡地《あとち》は県や町が買い上げ　一部は防災林に
メーンには「復興祈念公園《ふっこうきねんこうえん》」が整備される
津波で家を失い大切な家族を亡《な》くした人もいる
その上　先祖から引き継いできた大事な土地まで買い上げられ
おまけに　津波被害の家屋の流失は東電の賠償《ばいしょう》に該当《がいとう》しない
憤懣《ふんまん》やるかたなしの思いだけが残ったにちがいない
まさか故郷がなくなるとは夢にも思わなかったろう
日本の原風景《げんふうけい》が消えていく

双葉町中野地区は産業《さんぎょう》拠点《きょてん》に位置づけられた
２０２０年９月20日アーカイブ施設の
「東日本大震災・原子力災害伝承館《でんしょうかん》」がオープンした
双葉町産業交流センターも開設された
企業誘致《ゆうち》により産業地帯にする方針
昔の田園風景の面影《おもかげ》はどこへやら……

請戸の浜街道《はまかいどう》は　数十台ものダンプカーが砂煙を上げながら行き交っている
海岸の護岸工事　橋の修復工事　道路改修　前田川《まえだがわ》堤防嵩上《かさあ》げ工事など
土木工事のオンパレードだ
街道の東側には土砂が山のように積み上げられている
周《まわ》りを白い塀《へい》に囲まれた瓦礫処理場《がれきしょりじょう》が列をなしている
片や一方では　どでかい新しい建物ができた

請戸漁港で捕れた魚の「処理工場」だ
請戸地区は津波で全滅《ぜんめつ》した
元の街並みは住めない場所となり
住民のために大平山《おおひらやま》を切《き》り崩《くず》し新住宅街を造成した
墓地も大平山から海の見えるところに造られた
事故後10年経《た》つが浜の姿は大きく変わりつつある
秋になると街道の両側は黄金色《こがねいろ》に輝いていたんだ

双葉町両竹も秋の黄金色が消えた
田んぼは一面黒一色に埋め尽くされて太陽光発電の施設と化した
かつてコンバインで稲を刈り取っていた田んぼだ
イナゴもたくさんいたっけ
小堀にはメダカやザリガニもいた
おじさんとお母さんが小さいころ

おじいさんとおばあさんと一緒に散歩したところだよ
思い出がいっぱい詰《つ》まった宝石箱みたいなものだ
住《す》み家《か》も同じ　取り壊されて残るは数軒のみ
一方　前田川《まえだがわ》の堤防が嵩上《かさあ》げされた
森合橋《もりあいばし》は架け替えられた
でも　震災から十年の月日が経つのに
両竹に帰ってくる者は誰もいない
寂しい

双葉町中田《なかだ》　鴻草《こうのくさ》　寺沢《てらさわ》地区などは「帰還困難区域《きかんこんなんくいき》」のため立ち入り禁止
状況がつかめない
大部分の人たちは県内外の避難先に居を構《かま》えた

郡山《こおりやま》　細谷《ほそや》地区は　街道の両側には山と積まれたフレコンバッグ

中身は放射能の除染《じょせん》のため削りとられた表土
真っ黒な袋が延々と積み上げられた異様《いよう》な情景だ
県内各地から集められたものだ　大熊町と双葉町は放射能まみれだ
中間貯蔵施設として各地の放射能汚染土を処理する地域となった
30年間も貯蔵するという
もう　住む所ではなくなった

双葉町の中野　中浜　両竹と
JR双葉駅周辺の一部だけが避難指示解除になった
町は　双葉駅西側周辺を中心にした町再生のための行政を続けている
だが双葉への帰還希望は10％ 余《あまり》
この先どうなるか未知数《みちすう》だ
3地区以外は帰還困難区域
10年経《た》つが放射線量が高く戻れる状況ではない

伊沢町長は「全町民が帰還できるように」と
「帰還困難区域の全部を一括《いっかつ》して」「復興拠点」にと
国と交渉した旨《むね》の報道があった
原発の被災地は皆の記憶からだんだん薄れていくだろう
われらが住む故郷　双葉町はどう変わっていくのだろう

われらが住む母なる故郷
双葉町はどうなっていくのだろう

津波の災害地　浜通りの復興は
進んでいるというけれど
幾人《いくにん》がこの地に帰ってこられるのか
本当の再生なんてあるのだろうか

ことみちゃん　そちらにも月が出ているよね　ことみちゃんは月を眺《なが》めて　何を想《おも》うかな

十三夜《じゅうさんや》

今夜は十三夜　久しぶりに月を見た
窓越《まどご》しに見る十三夜の月は淋《さび》しさがある
郷愁《きょうしゅう》を誘《さそ》う物寂《ものさび》しさだ
唐の国に渡った阿倍仲麻呂《あべのなかまろ》が「……三笠の山に出《い》でし月かも」
かぐや姫が月を眺《なが》めて泣いていたという話も
遠い故郷を想《おも》い起こす対象であったろう

郷愁《きょうしゅう》を誘《さそ》うだけではない
「月見れば千々《ちぢ》にものこそ悲しけれ……」
月を眺《なが》めてさまざまな想いに心を乱していった
どんな想いかは人さまざま　地位　人と人　恋　病
今の世はどんなことで心を悩ますんだろう

月を眺め物思《ものおも》いに更《ふ》ける
なにかを思い浮かべて思索《しさく》する
心を沈め己れを見つめ直す
月は神秘的なものがある
月は美しい　だが冷ややかだ
もっと素直にいうならば
月は澄《す》んだ音の世界だ
月は澄んだ色の世界だ

月は澄んだ心の世界だ
月は凛《りん》とした端正《たんせい》な世界だ
李白《りはく》が月を欲《ほっ》したのは
なんだったろう

月を眺め物思いにふけるのも
秋の夜長の一興《いっきょう》だね

あとがき・跋文・解説文

あとがきに代えて

斉藤 六郎

『美しい人のこころ　優しい人のこころ　わたしはそんな人のこころにふれて生きていきたい』
これは「やました福寿苑　錦」住人　知人から見せてもらった栞《しおり》に書かれていた一節《いっせつ》です
なんと素晴《すば》らしい言葉なんだろう
きっと純粋《じゅんすい》な生き方を追い求めて来られた方かもしれません
田舎者《いなかもの》のおじいさんが　振り返って見て　美しい人はともかくも
優しい人には沢山《たくさん》出会えた　人生の宝石箱だよ
その中には多くの教え子がいた　田舎育ちで純朴《じゅんぼく》な子が多かった
他人の痛《いた》みも分かる子たちだ　情《じょう》が濃《こ》く涙に脆《もろ》い
その子たちも今ではお爺《じい》さんお婆《ばあ》さんだ　若い子では40代だ
人生いろいろ　人さまざま　それぞれ何事《なにごと》かはあったろう
これからも何が起こるか分からない「人生は塞翁《さいおう》が馬《うま》」だよ

みんなに幸せな人生を全《まっと》うしてほしいと願うばかりだ
つくば市にもいましたよ　品《ひん》が良く優しい方が沢山いましたよ
いわきの「やました福寿苑　錦」にもたくさんいますよ
苑長《えんちょう》の怒《いか》った姿を一度も見たことがない　何かあれば輪《わ》になって
話し合いをしている　スタッフの心が一つになっているんだよね
「ここに来ると温《あたた》かさを感じますよ」と来客が話してくれたのも納得《なっとく》

「いい人はいいね」とは「伊豆《いず》の踊《おど》り子」が素直な気持ちで吐《は》いたことばです
ふとわが身を素直な気持ちになって振り返ってみると「美しい人のこころ」ではなく
『美しいこころの人　優しい人のこころ』に触《ふ》れ生きてきたんだ
だが　この10年間は苦しかった　悔しい思いもした　避難者は皆同じ思い
でも　ことみちゃんにも出会えたし優しい人にも出会えた
おじいさんとおばあさんは幸せ者だと思わなくちゃね　ことみちゃんありがとう
今は　福寿苑に世話になって　心の優しい人に出会ってこころが和《やわ》らいできたよ
穏やかな日々を送っているよ　ことみちゃんも「こころの優しい人」になってちょうだい

おじいさんも八十路《やそじ》の半《なか》ばに間もなくさしかかる

「願わくは花の下にて春死なむ……」 西行法師《さいぎょうほうし》の歌である

おじいさんも「やました福寿苑 錦」の「こころ優しき人びと」の介護をいただき 穏《おだ》やかに

過ごし 静かに やがて宇宙の彼方へと旅立っていきたいと願っている

そして、遠い天空のかなたから見守ってあげるね

跋文《ばつぶん》　おじいさんの伝言

二階堂 晃子

ことみちゃん、おじいさんから「読んでみてください」と届けられたこの詩文を読ませてもらって、おばさんは胸がいっぱいになりました。

東日本大震災が起きてから十年になりますね。この間、おじいさんはずっと黙《だま》っていたのですが、どうしてもことみちゃんに伝えたい気持ちが強くなり、あなたのお母さんの故郷のことを書き残したいとワープロに向かったのだと思います。故郷を奪《うば》われた深い無念《むねん》の思いと悔しさ、被災した多くの人たちの悲しみを書き残さなければならないと一大決意《いちだいけつい》をしたのだと思います。

ことみちゃんのお母さんの故郷、原発立地町双葉町の東部両竹《もろたけ》は、浜通りの温暖な気候のもとで、豊かな緑と澄《す》んだ陽光《ようこう》と肥沃《ひよく》な田畑《でんぱた》に恵まれた平和そのものを絵にかいたようなところでした。二十軒ほどの集落は館屋敷《たてやしき》と呼ばれていて、古い武家《ぶけ》の歴史があったのでしょうか、どこか上品《じょうひん》な感じを受ける人たちがたくさんいました。かつては請戸《うけど》村の村長さんになった人もいました。ここに住む人々は先祖伝来《せんぞでんらい》の田畑を大事にし、子どもの教育にもとても熱心な土地柄《とちがら》でした。

春は緑の水田が広がり、秋は黄金の穂波《ほなみ》が揺《ゆ》れ、農師町《のうしまち》といわれた耕作地はコシヒカリの産地で、とってもおいしいお米の穫《と》れる田んぼが広がっていました。水田を囲む山手には天然記《てんねんき》念物《ねんぶつ》に指定された「墨染《すみぞめ》の桜《さくら》」があって、この木は春になると不思議に灰色の花を開いたのでした。この地の人は、地域の誇《ほこ》りとして、この変わった桜を大事にしてきました。

ことみちゃんのおじいさんは高校の先生でしたね。三十八年間、学校に勤めた後は、大好きな畑で土を愛し、野菜を育てては地域の人たちにも分けてあげていました。「お日様が雲に隠れる日があっても、六郎さんが畑に出ない日はないね」と言われるほどでした。まじめで穏やかで、だれとでも隔たりなく接する人柄《ひとがら》だったので、多くの人に推《お》されて、両竹地区の行政区長を務めてきました。

二〇一一年三月十一日午後二時四十六分、マグニチュード9・0の地震直後、おじいさんは地域の人たちの無事《ぶじ》を確かめようと、軽自動車で地区を見回わりました。激《はげ》しい地震にもかかわらず全員が無事だったのでほっとし、家に戻ろうとしたとき、押し寄せてきた真っ黒な波に呑《の》み込《こ》まれてしまったのでした。車ごと流され立ち木に窓を破られ翻弄《ほんろう》されました。が幸運にも助かりました。九死に一生を得たということでしょう。家にいたおばあさんとおじさんは、おじいさんが帰ってこないことを心配して、何度も水の引いたところまで行ってはおろおろしていました。ぬれねずみで戻ってきたおじいさんの姿を見つけると駆け寄り、抱き合って泣いて喜んだとのことでした。そしてその夜半、広域消防団の人が見回りに来て、訳《わけ》もお話されないまま町の避難所に連れていかれ、その時から二度と家に戻ることのできない悲しい人生を送ることになったのでした。

区長を務めながら県内外に避難を繰り返しましたが、どんな時も故郷へ帰ることを夢見てきました。がその夢は実現することなく、震災後八年目、区長を若い人に任せた直後、脳梗塞《のうこうそく》という病気に見まわれてしまいました。右手、右足が動かなくなり　ろれつが回らなくなってしまいましたが、本当につらい痛いリハビリを繰り返し、歩くことはできるようになりました。

また話す力もかなり戻りました。しかし右手は機能を回復することなく、いつも三角巾で吊っていなければならなくなりました。

今まで自由に動いていた右手の働きを完全に失ったため、使い慣れない左手でワープロのキーを一つ一つたたきながら、それでもこの災害のことを書き残さなければならない思いに突き動かされ、まるで戦いに挑むようにおじいさんは綴《つづ》ってきたのだと思います。

おじいさんが一番無念に思って書き残したいと考えたことは、原発の事故についてだと思います。

区長をしていたころ、原発の職員の方が何度となく訪ねてこられて「五重の壁で安全を守っている」という話をしていたので、おじいさんは信じ切り、他県の原発の視察にも誘われるまま積極的に加わっていたとのことでした。事故が起きて十年が経ちましたが、「どうにかなる」と思って見守ってきた故郷は、誰一人として帰ることができないばかりでなく、町全体が放射能に汚染された他町の土や廃棄物《はいきぶつ》の処理場とされ、その上、水素爆発《すいそばくはつ》を起こした原子炉は、核燃料を取り出すのには三十年も四十年もかかるということが分かりました。事故を起こした東京電力はまるで責任がないような態度をずっと見せられてきて、原発の安全神話はいかに本物でなかったかを身をもって知ることになりました。
おじいさんはじめ多くの人たちが原発に裏切られた悔しさ、故郷を丸ごと奪われた悲しみをどのようにしてでも書き下ろし、伝えていかなければならないという思いにつき動かされ、使い慣れない左手で身を粉にしてキーを打ち続けたに違いないのだと思います。

おかあさんが育った家の前を前田川《まえだがわ》が流れています。その向こうは見渡す限り穂波《ほなみ》の揺れる田畑が広がっていました。誰一人帰れないで耕《たがや》すことのできなくなったこの田畑を持ち主の人たちは簡単に手放したのでしょうか。どのようにして誰のものになったのでしょうか。それはわからないのですが、その田畑をならし、そこに巨大な「原子力災害伝承館」が建設されました。これまでの歴史で起きたことのない複合災害《ふくごうさいがい》の記録、記憶、教訓《きょうくん》を次の世代につなぐための施設であるとのことです。映像や資料で原発事故の様子を伝える展示がなされました。多くの人が見学に行っていますが、見た人たちから展示のお粗末《そまつ》さを指摘《してき》する声が出ているそうです。

「伝承館は災害の深刻さや復興に向けた歩みを伝えるばかりでなく、なぜ原発事故が起きたのかを受け継いでいくうえで重要な役割を負っている。原子力政策における国と事業者の関係、県の関《かかわ》り、原発事故の混乱を国民が共有できるように展示しないと甚大《じんだい》な被害と犠牲《ぎせい》を払って得た教訓が無駄《むだ》になってしまう」と福島民報新聞の論説委員という人が2020年11月5日の新聞で厳しく指摘しているのです。悲しみに打ちひしがれる多くの人の人生をしっかり見つめてほしいと思います。

おじいさんが身《み》を粉《こ》にして打ち込んだこの詩文は「母なる故郷―双葉」への望郷の思いと、原発事故によって過酷《かこく》なそして悲惨《ひさん》な人生を送らなければならなくなった地元の被災者の悲しみの記録でありますし、日本の歴史に消してはいけない証言《しょうげん》として伝えていかなければならないものです。遠くに住んでいることみちゃんにはあまり切実《せつじつ》に感じられないこともあると思いますが、ことみちゃんのおじいさんおばあさんは、いつも誠実《せいじつ》に社会の一員としてほかの人たちと力を合わせて生きてきました。晩年《ばんねん》はここで静かに過ごし、そしてその人生を閉じようと思っていました。まったく当たり前の願いが打ち砕《くだ》かれたことへの無念と悲しみをどうしても伝えずにはいられなかった思いをくみ取ってほしいと思います。

地区の人に大事にされた「墨染めの桜」は、津波に洗われてから、花を開かなくなったと言われています。灰色の花びらは、普通の華やかなピンク色ではないので、不幸を表していたのかと言った人もいますが、浜通りの光あふれるあの地には、とても落ち着いて咲く珍しい桜花なのです。いつか、コバルトブルーの空に映える花びらを開き、おじいさんおばあさんが母なる故郷として愛した両竹の地を訪れる人々を柔らかに迎えてくれる桜木であってほしいと願っています。

解説文　**歴史の真実を孫娘に切々と語り掛ける人**

斉藤六郎詩集『母なる故郷　双葉　――震災から10年の伝言』に寄せて

鈴木　比佐雄

1

東日本大震災・原発事故から十年が経ち、この未曾有の体験を後世にどのように伝えていったらいいのだろうか。その語り継いでいくことに様々な試みがなされている。その中で斉藤六郎詩集『母なる故郷　双葉　――震災から10年の伝言』三十一篇は、孫のことみちゃんに語り掛けるように綴られており、故郷・双葉町で経験した大災害の真実を伝えている類例のない叙事詩集だ。けれどもその詩的精神は双葉町にあった東京電力福島第一原子力発電所の「安全神話」を疑うことなく、自然災害や原発事故を想定していなかった自分自身に対して、自己を断罪する内省と故郷を喪失した深い悲しみの思いが貫かれていて、豊かな抒情性も併せ持っている。どうしてそのような連作詩篇が可能だったのだろうか。震災から十年が過ぎて復興を優先し3・11の経験の風化が囁かれ、斉藤氏の残された時間が少なくなり、震災の年に誕生した孫や、双葉の地を愛する同郷の人びとや、震災・原発事故に関心を持つ人びとに、その渦中にいた経験を手渡すべきだという語り部としての詩の使命感を感じたのだろう。世界史に残る巨大地震・津波と原発事故に遭遇し故郷・双葉を喪失した一人の人間として、その赤裸々な内面を愛する孫へ、また多くの若い世代へ、同じ過ちを繰り返さないための遺言として、また民衆の記録として残すべきだと考えたのだろう。その意味では原発事故の悲劇を十年間も耐えてきた一人の人間の心の叫びとして、貴重な証言である叙事詩集が誕生したと思われる。

斉藤六郎氏は、福島県双葉郡に生まれ、成人後の生活の拠点は双葉町両竹でその地を故郷として県内の高校教員を三十八年間勤め、その後は両竹地区の行政区長を務めていた。東日本大震災直後には、家のことよりも地区を軽自動車で見回り住民の無事を確認後に、津波に流されたが、奇跡的に九死に一生を得た経験をされている。避難後は二度と故郷の双葉で暮らすことが出来なくなり、福島市、つくば市などに避難したが、今はいわき市に安住の地を求めて過ごされている。数年前の脳梗塞で右半身が不自由になったけれども、リハビリに努め慣れない左手でワープロを使って本書の詩篇を書き残した。

2

本書はⅢ章に分かれていて、詩篇の前にはことみちゃんへ詩の状況を説明する数行の散文から始まっている。Ⅰ章九篇は、冒頭の詩「大地震《おおじしん》」から始まる。

《おじいさん・おばあさんの故郷は　双葉町両竹《ふたばまちもろたけ》　東京電力福島第一原子力発電所があった町《まち》　ことみちゃんが生まれた年　この町には大変なことが起こったんだ　地震と津波と原子力発電所の爆発事故　そのとき　おじいさんは畑仕事に出ててね　間もなく大津波が襲《おそ》ってきたんだ！》

このように斉藤氏は、孫に昔話のように語りかけて、いつものように畑仕事をしていた大地震の現場へとタイムスリップさせていく。大震災の衝撃とはどのようなものであったかを次のように再現しようと試みる。

《ズシンドドド　地面を突き破り／突然　やってきた地響《じひび》き／グラリ　グラリ　大きな揺《ゆ》

れが来た／とてつもない大きい地震だ／大地がうなり／海が走り／川が波うち　躍った／樹々《きぎ》が震え／崖《がけ》が崩れ　砂塵《さじん》が舞い上がる／ゴオウゴオウと地は鳴りひびき／ごう音が虚空《こくう》に舞い上がり／天に突きぬけて／いつ止《や》むことなく続く／道路に亀裂《きれつ》が走り／民家の屋根が崩れ落ち／人々は　ああ　おお　とわめき／その場に立ちすくむだけだった／マグニチュード9・0／東北地方太平洋沖地震だ》

この「マグニチュード9・0」が引き起こした瞬間の情景描写は、まさに大地や海が震えだし大音響を挙げて、いたるところから裂けて壊れ始めて、人々は震えおののき、立ちすくむ情況を擬音語などを効果的に駆使しながら、「母なる故郷」が足もとから崩れていく恐怖感を表現している。「大地震」の一行目の「ズシンドドド」という擬音語は、身体に衝撃の痛みを感じさせる。三行目の擬音語「グラリ　グラリ　大きな揺れが来た」も追い打ちをかけるように身体が激しく揺らされてしまう。そして十行目の擬音語「ゴオウゴオウと地は鳴りひびき」、その臨場感を音の連なりによって表現しようとしているのだろう。「母なる故郷　双葉」は太平洋の沖からの衝撃によって、のたうち回るようにズタズタに裂けていく。斉藤氏は自らが遭遇した大地や山河や海辺が聞いたこともない大音響を挙げながら崩壊する感覚を、孫を含む後世の人びとに正確に伝えるべきだと願っているのだろう。この詩の最後は次のような事実を淡々と書き記している。

《2011年3月11日　午後2時46分　東北地方太平洋沖地震が発生　地震と津波に／よって青森県　岩手県　宮城県　福島県　茨城県　千葉県などが大きな被害を受けた／その上に福島県では原子力発電所の爆発事故で多くの人が故郷を根こそぎ奪われてし／まった／そして、この地震による災害は東日本大震災と名付けられたんだよ》

この最後の記述で大震災によって被害を受けた青森県から千葉県までの浜通りの県名を示したことで、この「東日本大震災」の被害地域の約八〇〇kmにも及ぶ広がりの全貌が分かる。被害の規模は違うが斉藤氏の暮らす双葉町と同様なことが日本列島の関東・東北の太平洋岸で引き起こされた途轍もない災害であることを記している。斉藤氏のこの詩集の特徴はこの災害の客観的な叙述に立ち還りながら、当時の思いを出来るだけ冷静な筆致で孫に心ある歴史的な資料として手渡そうと試みているところだ。

3

二番目の詩「大津波《おおつなみ》　――両竹《もろたけ》・前田川《まえだがわ》樋場橋《といばばし》付近にて」では、「次々と　うなる大きな津波／十数メートルもあろう大波が／海岸に激しくぶちあたりしぶきを上げて／陸地にはいのぼり　草木をなぎ倒し／民家を呑《の》み込《こ》み　／人をも呑み込み／漁船をのし上げ／自動車を引きずり／橋をぶち壊《こわ》し／人も馬も牛をも呑み込んでいった／田畑をズタズタにし／大事な梅園《ばいえん》まで根こそぎにした／／だが大津波が／原子力発電所をも呑み込んでいたとは／知るすべもなかった」という故郷の海辺の破壊される光景を目撃したことを書き記し、当時は原発事故のことなど微塵も想定していなかったことを明かしている。

三番目の詩「大津波との遭遇《そうぐう》」では、「車はあとずさりするだけ……／そのとき車の後輪《こうりん》が側溝《そっこう》に押しやられた／ガリガリと　音をたてそのまま押し流され／泉田家の門口《かどぐち》に来た時　車体が突然浮き上がり／そのまま屋敷《やしき》の中へ／こういうこともあるんだ／あちこちに庭石を置いてる屋敷／小舟の如《ごと》くすいすいと吸い込まれ／車は塀《へい》に突き当たって止まった／助かった　奇跡だ／津波の引けるのを　じっと待つ／とは思ったものの津波はどんどん押し寄せてくる／車が浮きあがる　瓦礫《がれき》が流れてくる／とうとう津波は塀をのり越《こ》えて流れだした／40分ほどして津波は引きはじめた」と、斉藤氏の車がそのまま太平洋に引き込まれて行っても不思議ではなかった。しかし奇跡的に近所の家の庭に流されて塀で止まり、その塀からも水は流れていったが、その頃にようやく津波は引いていった状況を克明に記している。息を呑むような津波の恐ろしさの緊迫感が感じ取れる。斉藤氏はこの生きるか死ぬかの極限の体験をことみちゃんに感じて欲しいと願って、リアリズムの詩的表現にして語り掛けている。それは将来に様々な天変地異などの大災害に孫が遭遇した時に、いかに冷静に行動する視点を持つことが出来るかのそのヒントになればと考えたからだろう。私はこの被災地の現場を書き残す行為に家族や故郷への深い愛情と同時に大震災に遭遇した一人の人間の使命感を感じた。

I章の残りの七篇は、「道路が走る　――氏神様《うじがみさま》の高台から」では〈エエッ　道路をがたがたと家が丸ごと走っていく〉、「家がない　――津波のあと」では〈浪江町両竹地区　軒並み津波にさらわれてしまった〉、「全町避難《ひなん》指示　――3・12早朝」では〈「原発が危ない　私を信じてください／一刻も早く双葉町から避難してください」〉、「避難行列」では〈町民はわれ先にと町を出た／羽鳥《はとり》街道から福浪《ふくなみ》線へと車は続いた〉、「避難所《ひなんじょ》」では〈やっと辿《たど》り着いたところは／川俣《かわまた》町の高校の体育館〉、「原子力発電所の爆発《ばくはつ》」では〈安全神話　共存共栄　信頼関係

／一瞬にして崩壊／残った負の世界／放射能　住民の恐怖　不安　怒り　憎しみ／世界の歴史に刻んだ汚名を〉、「放射能」では〈お前は何者なんだ／人々に不安と恐怖をもたらし／故郷を奪い　生活を奪い〉といった地震・津波・放射能がもたらした被害の実相を時系列に書き記している。こんな大人たちが生み出した大混乱の状況を受け止めるのは、ことみちゃんにとって、きっと辛い経験になるだろうが、斉藤氏が最も大切な伝言として残したことは、ことみちゃんにとって生涯の心の財産になるに違いない。

Ⅱ章十一篇はその後の福島市渡利、つくば市での避難先での交流体験、ことみちゃんと同じ年で親に虐待されて亡くなった栗原心愛さんのこと、Ⅲ章五篇はカナダで誕生したことみちゃんに会いに行ったことなど、Ⅳ章六篇は双葉には戻れないが今暮らしていわき市の「やました福寿苑　錦」での日々の出来事などを綴っている。その中でも詩「誇りと責任」では、「介護者は重荷を背負った仕事を担ってる／常に　誰かれの区別無く汚物を片手に行き来する／四六時中休みなく働いている」と介護者への感謝と畏敬の念を刻んでいる。

これらの斉藤氏の東日本大震災・原発事故に遭遇した歴史の真実を語り掛ける連作詩篇をことみちゃんだけでなく、多くの人びとに読んで欲しいと願っている。

著者略歴

斉藤六郎（さいとう　ろくろう）

1937年　福島県に生まれる
福島県内の高校教師を三十八年間務める
退職後　双葉町行政区長を十数年務める
行政に貢献した功績により感謝状を受ける
2011年東京電力福島第一原子力発電所の災害に遭い故郷を喪失
茨城県つくば市などに避難した後いわき市錦町に居を構える

現住所　〒974-8232　福島県いわき市錦町江栗馬場4-3
ハッピーバンブー103

石炭袋

斉藤六郎詩集『母なる故郷 双葉　——震災から10年の伝言』

2021年3月11日初版発行
著　者　斉藤六郎
編　集　二階堂晃子　鈴木比佐雄
発行者　鈴木比佐雄
発行所　株式会社 コールサック社
〒173-0004　東京都板橋区板橋2-63-4-209
電話 03-5944-3258　FAX 03-5944-3238
suzuki@coal-sack.com　http://www.coal-sack.com
郵便振替　00180-4-741802
印刷管理　（株）コールサック社　制作部

装幀　松本菜央　　カバー装画　清戸迫横穴　　写真提供　双葉町教育委員会

落丁本・乱丁本はお取り替えいたします。
ISBN978-4-86435-474-5　C1092　￥1500E